ZEICHNUNGEN: Gürsel

ÜBERSETZUNGEN: Marcel Hatam & Mathias Ulinski

REDAKTEUR: Mathias Ulinski • **CHEFREDAKTEUR:** Jo Löffler

GRAFIK & LETTERING: Amigo Grafik

Impressum: ***DIE CHAOS-KICKER*** wird von der Panini Verlags GmbH herausgegeben, Rotebühlstr. 87, 70178 Stuttgart. Geschäftsbereichsleiter: Max Müller; Chefredakteur: Jo Löffler, Redakteur: Mathias Ulinski; Übersetzungen: Mathias Ulinski & Marcel Hatam; Marketing: Thorsten Kleinheinz; Marketing-Managerin: Claudia Hieber; Produktion: Sylvia Türk; Lettering & Grafik: Amigo Grafik, Asperg; PR/Presse: Steffen Volkmer; Druck: L.E.G.O. S.p.A., Vicenca Italien; Auslieferung Buchhandel: VVA – Vereinigte Verlagsauslieferung, Verl, **ISBN 978-3-86607-641-9,** Auslieferung Comic-Fachhandel: ZTV, Krefeld; Reprints: *The Champions #4 & #12*

www.paninicomics.de

www.panini.de

Chancentod

CHAMPIO
MOM
Coco Co
ER
Coco
EURO 2000
Coco Cola
FIFA
12
EURO 2000
LOTTO
ER
MOMO
GURCAN

Das richtige Schuhwerk

Sieg durch K.O.

Übung macht den Meister

Mauertaktik!

Verwarnungsgeld!

Die richtige Ausrüstung!

Viel zu schnell!

Die etwas anderen Bälle!

Aluminium-Ärger!

Zweikampf an der Seitenlinie!

Du, Papa?

DU SAGST ALSO, DASS WIR AM WOCHENENDE VOR ALLEM DIESES SPIEL IM AUGE BEHALTEN SOLLTEN?
ABSOLUT. ICH KANN NUR JEDEM RATEN, DIESES SPIEL ANZUSCHAUEN, ES SIND DIE ZWEI STÄRKSTEN MANNSCHAFTEN DIESE SAISON.
UND GLAUBST DU, DASS DER FC GEWINNEN KANN?
FÜR MICH GLASKLAR, SIE WERDEN AUF JEDEN FALL GEWINNEN.
SOWEIT DER KOMMENTAR UNSERES SPORTREDAKTEURS.
DU PAPA, WAS IST EIN SPORTREDAKTEUR?
DAS IST JEMAND, DER AM SAMSTAG VORAUSSAGT, WER AM SONNTAG GEWINNEN WIRD ...
UND DER DANN AM MONTAG ERKLÄRT, WARUM SIE DOCH VERLOREN HABEN!

Jubeln will gelernt sein!

Unterlaufen!

Zehnsation!

Hilfe (für den) Sanitäter!

Schiri, wir wissen wo dein Auto steht!

Kritikern das Maul gestopft!

Überzahlspiel!

Bogenlampe!

Der Rasensprenger!

Kein Pflichtgefühl!

Flachschuss in den Winkel!

Wie du mir ...

MOC DONAL'S
MOC D
AAAA...
PAF!
...HHH!
PIT PIT
BLA
BLA
OK?
OAAAHH!..
HAH
HAAAA!..
MOC
BAF!

And the winner is ...

Beim Wort genommen!

Jaaa, gewonnen!

Rollrasen!

Angriff ist die schlechteste Verteidigung!

Nur zwei Kleinigkeiten!

Zweikampfstärke!

Puste ausgegangen!

A la Kart!

PAF!
DAS MUSS DOCH EINE ROTE KARTE GEBEN!
RUHE! LOS, WEITER-SPIELEN.
AARGHH!
HEY, HAST DU DAS NICHT GESEHEN?
WEITER-SPIELEN! WEITER-SPIELEN!
DAS DARF DOCH NICHT WAHR SEIN! WARUM GIBT DAS KEIN ROT?
SCHIRI! WO BLEIBT DIE ROTE KARTE?
KEINE DISKUSSION, GEH WEITER-SPIELEN.
DU HAST DOCH DEINE ROTE KARTE DAHEIM LIEGEN LASSEN!
WOHER WEISST DU DAS?

Der Vollstrecker!

Das gute Argument!

Wer zuerst jubelt, jubelt am besten!

Auftrag erfüllt!

Die Highlights vom Spieltag!

Dank an die Sponsoren!

Dringender Gesprächsbedarf!

Das Fußballlexikon!

Einzigartige Technik!

Glanzparade auf der Linie!

Die üblichen Fankrawalle!

Die Zehn-Mann-Mauer!

Verzockt!

GÜRCAN

Rot...es Kreuz!

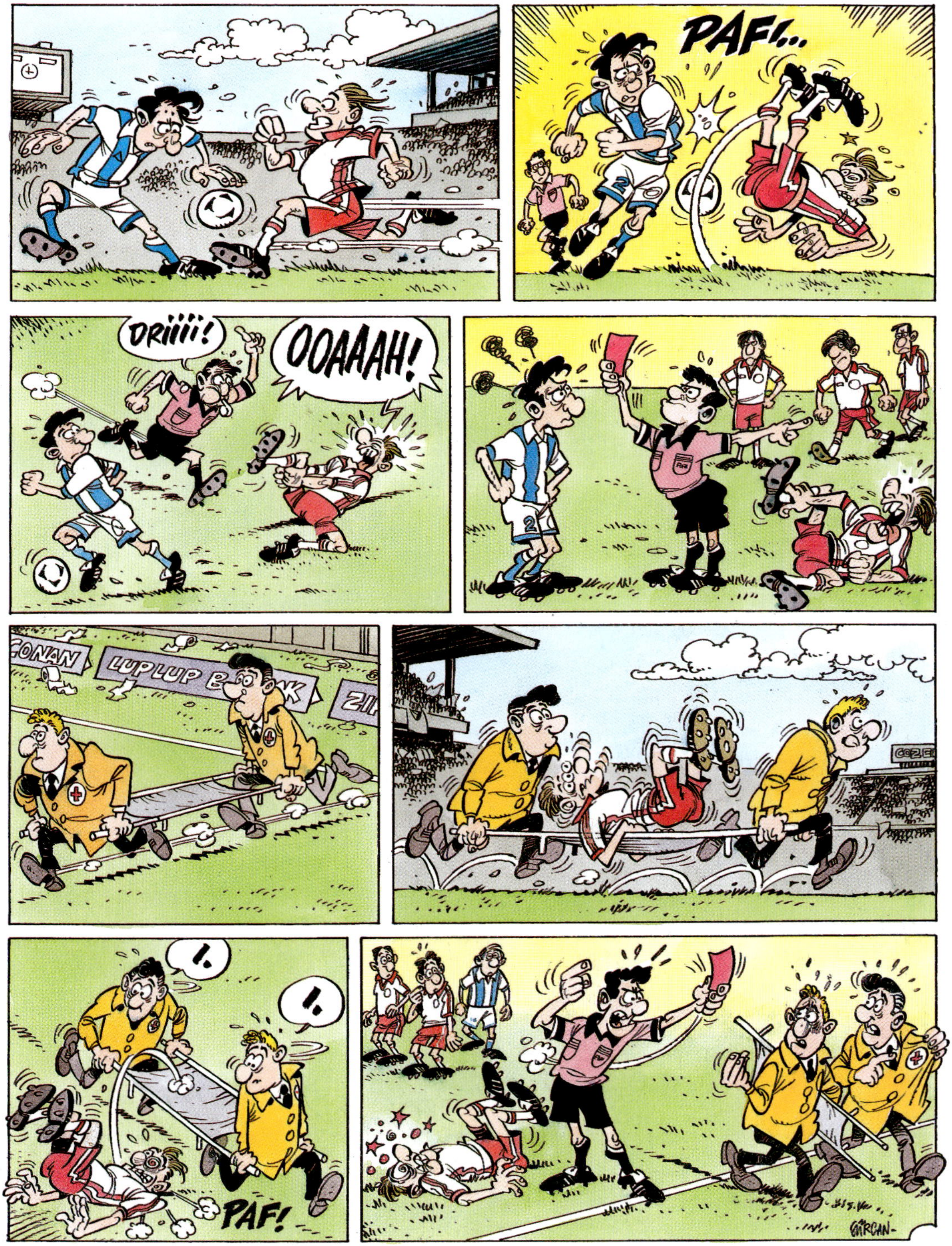
PAF!...
DRiiii!
OOAAAH!
CONAN
!
!
PAF!

Warm gelaufen!

Ballverlust!

Ente gut, alles gut!

Wunschkonzert!

Wer austeilt, muss auch einstecken können!

„Der Platz war schuld!"

Voller Einsatz!

Tore schießen ist nicht leicht!

Streng nach Vorschrift!

Die Chaos-Kicker 1: Abgegrätscht
64 Seiten, Hardcover, EUR 10,– (D)

Die Chaos-Kicker 2: Ausgedribbelt
64 Seiten, Hardcover, EUR 10,– (D)